我应该，我要，我愿意

焦野绿 著

角虫电是一瞬的

@焦野绿

我想要

☺ —焦野绿《我想要的关系》

长久的联结

与彼此的辉映

我应该，
我要，
我愿意

湖南文艺出版社

焦野绿 著

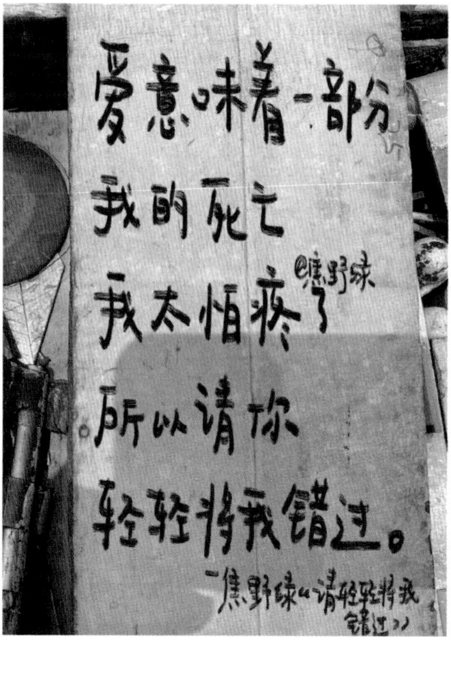
爱意味着一部分
我的死亡
我太怕疼了
所以请你
轻轻将我错过。
@焦野绿
—焦野绿《请轻轻将我错过》

不吃力

不讨好 ㊤焦野绿

—焦野绿《就是棒冰》

三月八号

天气晴，宜出门

告诉世界我的存在

警告它 不许装聋作哑

这天地广阔

有一半是我的。

——旷野绿《八号警告》

训练你的羽毛
（焦野绿）
习惯跌落与逆风

——焦野绿《愁后，指
天空》

没有"晚安"也能安睡

没有"早上好"
也能热爱
@焦野绿
每一个清晨
这是我最
喜欢我自己的两个地方。
－焦野绿《喜欢我自己》

看向天空时，我存在

贴近阳光时，我存在

与万物一同苏醒时，我存在

什么也不惊动时，我存在。

——焦野绿《我存在》

天气晴朗

将会持续一整天

我有一千次机会
顺应自然、

高兴起来。

——焦野球《高兴起来》

不断犯错与跌倒

证明我正在持续行动

——焦野绳——持续行动力

周末是用来
向自己道歉
的日子
@焦野球

为了将功补过

我会安排好一切

讨自己欢心。

—焦野球《幸福》

春天会结束

漫长的暖昧 嘶喊野绿

让该发芽的发芽

让无法催熟的花相忘天涯。

除了努力

@唐野球

也没什么别的事

是我能为自己做的了。

——唐野绿《除了努力》

目录　CONTENTS

第一章

我的身体里，有一朵巨大的玫瑰

第二章

我会踩着时间的骨头成为勇者

第三章

水总是漫到我的生命线下

第四章

从一种新绿，到另一种新绿

第五章

这一次，我顺从他们的河流

我的身体里，有一朵巨大的玫瑰

玫瑰不死，我认真活

我的身体里

有一朵巨大的玫瑰

它用刺为我占卜：

它说我今生都会在

一路小跑，为了那些

等待我的陌生人

为了那些和我一样

被生活埋下，但仍看向天空

不愿化作尘土的灵魂

月宫独舞

自我放逐的月宫里，风吹草低

牛羊在死的静默前，并排悼立

在上下无所附的月空中

我曾是那个挥舞刀片的孤女

只因无法承受，那不息的如常

便将自己稀释出生死的盐汤

从男人的杯影里，连夜打捞

用顺流而来的金色斧头

将玫瑰的血流放

我见广寒宫天大地大

足够一个人跳一千次独舞

料嫦娥见我亦如是

在这翩翩人间

我拥有如此明亮而圆满的忧愁

人质

我是妈妈这一世的人质
我死了，她也很难独活

但我更希望做妈妈带血的枪
我看着那些击穿她肚皮的生锈子弹

发誓要让一些她死去
让一些她重新活

今春：女诗人的诞生

我，一个没有被疼痛折磨成蝴蝶的

年轻宫女，借着丑陋的一张脸

躲开了三十个勒令蜕变的春天

终于，在唯一的帝王不屑

一顾地将我回望之前

我脚踩千千万万脱落的蚕蛹

（我的姐妹们乱葬其中，墓碑都没有一个）

偷来殿中一支笔，日夜挥霍

（他拥有的那样多，从不觉得少了什么）

写！写！写！

月光磨着墨，我磨着刀锋

把沉默的旧疾翻新，整理出厚厚的病历

等待着

一次改朝换代的惊鸣

终于，男人的笔停止书写

那些居高临下的语言

女人们的伤痛将我高高托举

千万只水袖，抽刀，断水

将我流逝吧，时间

踏入同一条河的我们

已然胜利

水里，终于有千万个我的声音。

坟前，终于刻上我完整的姓名。

八号警告

三月八号

天气晴，宜出门

告诉世界，我的存在

警告它不许装聋作哑

这天地广阔

有一半是我的。

妇女节宣言

如果世界祝福你

我也将是其中之一

如果这祝福里只有快乐

我将停止天真幻梦

继续战斗

疼

不是姨妈疼
疼的人是我
不是月亮经过我的身体
是这世界对我
动用私刑

她的春天

我不是春天的装饰

我正在创造

春天的历史

陡变

从一个坡道上走过
我的肚脐上，结出一个婴儿
等着我最喜欢的季节，落地。

它没有性别，没有双腿
这个生命，只是一份悲哀的身份证明
告诉一些眼睛，我正努力合群
等它长出耳朵，长出石头一样的嘴唇
我将恳求它代替我向我发问：
妈妈，你的道路在哪里？

再健壮一些，我还要教它飞行

时刻准备着，我一个人的觉醒，逃离

或是两个人紧紧相依，在遍地都是父亲的

时代

共用一个姓名。

你不要这样活

　　他们说要瘦，要更瘦，你就亲自将自己度量，切割

　　从前你认定灰姑娘的姐姐虚荣，愚不可及

　　而你此刻正站在别人的鞋子里

　　走一条长着玫瑰脸的凶险路

　　你不要这样活：听别人告诉你要这样活

　　或者不要那样活

　　这是美，那是不美

　　你不要这样活：主语缺失，人人都能对你用上

　　祈使句，说你理应如此，不应如此

她们都如此乖巧，懂事，你也应如是

你不要这样活：直至死神为你跋涉，手捧
鲜花

单膝跪地，要用闪亮的圆满之物，将你带走

而你，仍没有睁开眼睛，把他隐在暗处的
脸认出。

在云上写诗

我割下左边的云朵

和右边的云朵，日子就此静寂

松一松土，收敛枝茎，召回青鸟的羽翼

回收幸福的种子，要把春天放在指尖

一个独身女人如若想要子嗣，儿女承欢

一种普世合群的欢愉，一种跳过爱情的轻
巧生活

就去用黄泥写作，去用石头创造！

相亲或是相爱

妈妈，我不想相亲

我想相爱

愤怒的星

今夜我的愤怒是星

千万颗星星

可以掀翻夜的屋顶

给林奕含

扇这个世界一个巴掌

把死亡的甜枣留给自己

夸父的聪慧女儿

我用尽全力追逐太阳

累了就停下来

庆祝黄昏

自己过

让他们因为爱情而溺亡吧！

我们要在岸上

点起火，甘于寂寞地

继续我们

自给自足的生活

人世一场

人世一场

不要爱别人

太久

因为爱自己的时日

本就不多

主要矛盾

我要把

我的矛

对准他们

用我单薄的盾

裹住我血流

而不止的姐妹

工作与男人

我需要你

但并非出于爱意

常常只是为了合群

如果你向我索要的太多

青春，时间与一心一意

你就会突然发现

你已失去我

飞鸟出发

安葬好我的枯枝

烧尽往日愁

不留青山在身后了

出发的飞鸟

永不回头

自省与反问

她不再自省

是否要得太多

开始反问世界

是否一开始就给得

太少太少

侠女之家

妈妈

我开始享受世界了

祝我们在快乐的江湖

作为侠女相见

当你路过我的此刻

苍白的今生

因为那些头破血流的日子

看起来喜庆红火了许多

我要把伤口挂在门前

当你路过我的此刻

我不会向你讲述我的来时路

炫耀我惊险的反败为胜

我会站在往日的尽头

将自己点燃，用起死回生的火

引你走最光亮的路

祈求你对我与旧事一无所知

以最干净的步履

轻轻绕过我的尘土。

断 翅

破碎亦无妨

因为我永远活在风中

她的孤独宇宙

一个新鲜的苹果，不再坠落

逃离了牛顿古老的宇宙

她决定卸下身后那些

名为"爱"的火红燃料

她想在稀薄的空气里抵达

她亲自征服的星球

在这里，人类不必任由

地球把自己耍得团团转

不必为了避开忧郁

在蓝色的钉子里世代安居

在这里，呼吸自由，孤独也自由

脚尖轻轻一点地，就飞一万米

飞得越远，就离自己越近

妈妈，这是离别的时刻

妈妈，如果你接住我的泪水

你会惊觉，我已把离别

同你悄悄说过一万次了

如果你指责我

以残酷回应你的温柔

我会向你道歉，即使你很少这样做

我们有相似的耳朵，可我们

很少互相听见，因为我们

谁也不愿先开口认错

我继承了你的一切，妈妈

你的性别，你的身体，你起伏的喜乐

但你的命运，妈妈——

你的罗马不是我的罗马

你的道路不是我的道路

我伸手触碰到了你一生山重水复的脉络

而你所说的小小桃源，只能由你一人通过

妈妈，在你不再喂养我的日子里

我会把自己亲手照料好：

我为自己建造房屋

你可以敲门进来

但请不要久留

我为自己耕种捕猎

你可以在这里等待

但请不要催促我的归来

妈妈，这是离别的时刻

这不仅是我渴盼的自由

也是你本应得到的解放

如果你看见了我的泪水

请你不要伸手抹去它们

然后，你会看见我的笑

看见我的挥手，和挥手后的远走

妈妈，这是属于我们的时刻

剪断脐带，疼痛是难免的

但我们如此相似，总不把苦楚叫出来

而将这一起喊疼的时刻，推迟了这么久

妈妈，这是最好的时刻

你的春风松开我的绿丝

摇摆与缠绕就此停止

我离开你，你离开我

我们重新来过

我们重新活过

芸 香

同样是"多年生"
它们的痛苦却带着香气
活着的时候正直如墓碑

未曾致死的疼
都成了后病者的药引

寂静的家门前
总是插满无根的鲜花

我珍惜每一个
亲手为自己
挑选花束的日子

发问权

我活着

不是为了找答案

我穿过一个又一个今天

越过一个又一个我

只为拿到唯一的

发问权

喜欢我自己

没有"晚安"

也能安睡

没有"早上好"

也能热爱每一个清晨

这是我

最喜欢自己的

两处地方。

阶梯情诗

我爱这些向上的石头

也爱那些留给彷徨者的缝隙

我爱这圆满高悬的硕大黄昏

也爱那落入生活自由破碎的金子

我爱我缓慢向上的勇气

也爱那不动如山的飞鸟心

我爱我日复一日的超越与新生

也爱那光明正大的妄想与痴迷

我爱你对我有失公允的爱情

我爱我们留给来年四月的那些夜雨

我爱高攀命运的花枝

我爱跌倒在喜欢的日子怀里

我爱秋日的回归与春天的前进

我爱步步为营的得到和掷地有声的失去

我爱我今生的短暂，美丽

与若有若无的意义

我爱我像一首长长短短的诗

喜欢哪里就走向哪里

走到哪里就算到哪里。

纺锤

我争夺我的土地

春日伟大，但我不甘走入
那名为爱的花瓶

我自己醒来
不等任何人

我走我的路

我走

我的路

有人拦也走

没人陪也走

不是母亲，是大地

她从来都是大地

不会因为一束花就

轻易动心

或为那短暂香气而回头

暗号是你可以！

和未来的自己

成为战友

为了与她成功接头

我要在保住命的同时

付出头破血流的努力

深深的祝福

你还很年轻，枝叶疏朗
额前每一朵云都爱憎分明
但我想，你会和我一样
喜欢秋天

因为那些焦灼的日子
都过去了
阳光把你的皱皱的疤痕
晒成了金色的道路

每个清晨你都会得到

我如秋天一样

深深的祝福：

你柔软的眼睛会得到祝福

这个季节多雨

你可以少掉一些小珍珠

你咽下许多苦的唇齿

烫伤过的指尖，都会得到祝福

众生皆苦，但世上总有人惦记着

要在你的掌心放一颗糖，一杯热茶

你也可以，一个人

与纷飞的往事，干杯

祝自己苦尽甘来

余生，都做清甜的梦

最后，你高悬的心会得到祝福

万物从今天开始成熟

你会迎向你的风

在秋日深深处

收获颗粒饱满的幸福。

粉色主义

讨厌粉色的日子

和讨厌自己的日子

一起结束了

我正在开始我

缤纷渐变的探险人生

羡慕

在这世上我只

羡慕一个人

那便是未来的我自己

因为我想要的一切

她都——

得到了

为了星星

如若尽头

不过是一些灰烬

我想把这夜雨连连的世界

弄出点噼里啪啦的动静来

我不过是火苗，但我的身后

是火树，是银花

是星星的原野

开始吧，世界

世界一再地让我失望

且无人准备

开口道歉

那我也不必再为我的

每一次出走，深深负疚

好吧，坐以待毙

也等不到那把枪

因为那把枪

永远高悬——

那么，我要开始

走入这口井的深处了

即使我一出生

便已在井底

余生，他们说

"你就只管产卵，

看着那片圆满的天——"

呵，世界

我要捂住你的嘴

当我按我的意志

将你一锄头一锄头

一寸一寸地

脱胎，换骨

你不许发出一点声响——

正如你对我做的那样。

大地女儿

——给拉木

1

你是摩梭的女儿

达巴在你额头抹上酥油

念诵古老的祝词：

"她将在喜悦的期待中出生

在一个母系大家庭

郁郁葱葱的爱中长大

家屋安稳地站在她的身后

她的前方是比泸沽湖

更清澈更广阔的

一个宇宙。"

2

你听见他们叫你：摩梭

但你知道，你真正的名字

是阿妈的女儿

后来，你也去见外面的世界

你把故乡的井背在身上

在远方一个人走了很多难走的路

每每想哭就舀一口水

身体里便升腾起源源不断的祝福：

"甘泉养育的孩子不怕苦。"

3

你爱万物也爱人类

但你知道，纯洁的灵魂有千钧重

所以你自由地喜欢

但从不轻言爱

你的心没有上锁

但并不意味着你会给

每一个人开门

你轻蔑那些

还没开始听你说就开始

自言自语的人

你喜欢那些会开花的耳朵

他们知道世上有春天之外的春天

人生之外的人生

4

你也许会

在世事洪流中

厌倦了这飘飘摇摇的日子

而决定回归，回到这艘船上

把那拨动历史涟漪的小桨

握回自己手上

你也许走婚

但对别人的心总是认真

对自己的心总是坦诚

你也许结婚也许不

但永远不是任何人的妻

你也许生儿育女

但永远不会牺牲自己

因为你是大地的女儿

泸沽湖给了你纯净平和的心

阿妈给了你温暖、希望、爱与勇气

阳光给了你对众生永不退却的热情

树木给了你独立风雨中的静定之气

因为你是大地的女儿

世界拥抱你稚嫩的存在

并等待你的成熟

终有一天，你不再是大地的女儿

不再是任何人的任何人

你将一无所有，因为你已得到一切

你随时可以重新出发，因为你已在

这片细雨银针之地，烤着火

靠着那些温暖的人

把心一夜一夜，缝补好了。

女神山

女神山有时在看我

这一世，我不是

她的孩子

外面的世界

却总在将我

推回她柔然的怀中

当我坐在她的眼睛里

仍能感觉到她的关照

与温和的告别：

"到那些我们的地图里

没有名字的地方去——

去过另外的日子

狼狈而自由的日子。"

你瘦下来的话

唯有那些

无法承担你灵魂重量之人

才会贬低你的肉体

以便将薄薄的你

轻易踩在他的脚下

我是自己来的

这路越是

难以独行

我越是庆幸

我是自己来的

未曾与某人

共苦

第二章

我会踩着时间的骨头成为勇者

月下问答

我问妈妈，是谁在我们的身体里

留下一道伤口

月亮一升起，我们就

漫起疼痛的潮汐

妈妈说，也许是上帝

我问上帝，为何在我的身体里

刺青，留下无数个月亮

还不允许，我们大声提及

捂起耳朵，隔绝我们的呻吟

上帝说，因为我是男人

那些罪看着如此沉重——
别担心，我们会为你扛下
而那不被看见的疼痛
理所当然由女人们分担

我问月亮，我们应该如何
成为太阳，把留传千年的经书烧成灰烬
不再让我们的小女儿读到其中任何一行
任何一个荒谬的偏旁
或者也许我们仍然做夜里的水
但要做那引力无可奈何的水
不被真理钉死在水中的水
成为瀑布，成为惊涛，成为激流
让山川为我们毫不遮掩的哀鸣寸寸崩裂
让河岸为我们击碎礁石的前进节节退让

月亮说，你，还有你们

已为这场战斗流过太多太多的血

忍受过太多太多谋杀与叛变

胜利，其实早在你成为你们

圆满被摘取，化作金色镰刀的那一个夜晚

高高升起，于你们的头顶

永恒地觉醒。

蚁

我已看穿你的软弱

你对我所能做的

不会比一只蚁更多

而你低估了我的力量与勇气

我将带着善，长命百岁

愿你继续作恶

死于仇恨

暂停一下

暂时只爱自己

停止招待过客

嫦娥之变

我接受这种疼，只是因为

没人教过我如何大声呼救

反抗还未在我身上发生

但我的姐妹已戴着镣铐

向我奔来

她不要月亮，不要长生

她会来杀死我

把斧头交予我

教我把天空劈开

劈出半边天来

让受伤者疗伤

让已故者归来

但你要活下来

你要若无其事地活下来

不是作为幸存者

而是作为

复仇者

丑恶世界配不上你

但你要活下来

看那些人灭亡

让那些人灭亡

安全感

我酷得很

无人爱我

我也不改变自己一分

且仍爱万物与众生

爱之祭

对爱的狂热迷信

怎么偏选

天真女孩来献祭？

偏偏，偏偏。

鞭子

性别是我的鞭子

我以此记住疼痛

但有人握住它

妄想我垂下命运的头颅

从此低他一等

三位一体

很小的时候

我就开始写情书

写得越长，我就越明白爱情

同语言并无瓜葛

中学读多了太宰治

我便偷偷揣摩着遗书中的修辞

想得越久，我就越明白死亡

就是不给世界留下任何线索与破绽

后来，我随着人流走上一条必修的道路

又开始尝试辞职信如何遵守格式，同时表
达自我

尝试的次数越多，我就越明白自由
不需要别人打钩，已读，签字，盖章

这一辈子，也许我只需要掌握一种文体
许多时候，诗歌作为更柔软的替代品
比自传体，用更像我的语气
将爱情，自由与死亡，更温和地接近。

大醇小疵

这个词里有一种

佛性：只要今天不下雨

阴天也是值得歌颂的一天

自从学会了这种慈悲的哲学

妈妈终于将我放下

只要这孩子今天在笑着，呼吸着

一无所成，也是一种好人生

对白如下

白天的苦难，夜里你就写成史诗
这双眼只看得见地平线下暗藏的起伏
困境中的自己，身上正在发生的
性格转变，以及内在的戏剧冲突

于是，你在舞台上成为
灯光之外的观众
回去后，你在新的一章上写：

今天，我和世界之间发生了些什么
我将这次颇有隐喻意义的争执

如实记录下来

以期有助于后世对我的研究

对白如下：

一个说，我正在爱你。

另一个说，我正在努力。

渡 口

古人赠柳

我决定送你一个碗

因为生活给了它无意的裂痕

此刻的我们就不是

爱情中唯一的

破碎者

长亭尚远

我只好掰一口太阳

等它因为双眼滚烫而变得伤感

今夜的我们就不是

静默中唯一的

吹笛人

月光恒久

我们无法对抗一条

不走回头路的河流

只有在其中，尽力泼茶

醉酒，一吟双泪流

这一次我们都要往岸上去

那里候着一张床，一把匕首

比起各自孤单

各自死于伟大的爱情

愿我们将爱情卑鄙地利用

双双生还

成为渡口远行客中仅有的

归来者。

石头糖

逝去的寂寞，小小的
撒在童年的手心，痒痒的

就这样，我对着身上
一分为二的伤疤，编织了十年
白墙外的故事，海的那边种满了
我喜欢的那种，高兴起来就会发笑的树

有朝，一日，那个过敏的人不再是我
或者她未曾从童年幸存
七月飞雪，我学会了坐在窗口无忧无惧地写作
因为我的口袋里，装满了沉甸甸的石头

踩水

他让我想象自己是一朵莲

在深水中保持直立，绿色的茎秆

上下交替，莲心保持苦涩

叶片宽厚，浮水不沉

给灵魂涂满淤泥，在淤泥里

忘记自己是用肺呼吸

把自己的命掰成千万瓣

每死一次，就更洁净一些。

出 生

妈妈，我哭着降落时
你在笑着
是的，你已为我探过路了
我的道路通往春天
荆棘犹存，但你已在石头上
写满了祝福

流血记

我快要流血了

我正在流血

我已停止流血了

无论哪一天哪个月的哪个我

都可以不死，或死而复生

认珍珠

生与死

都是身体之外的大海

唯有其间的"生活"

须由本人亲自钻入蚌壳

在窒息之前认出

我想要的珍珠，并进入它

发光或幽深的内部

胜利

得到一颗心脏不足为奇

创造一个会变大的生物

也不算太特别的神迹

当我站在成双的无数脚印里

仍甘愿独行

我便抵达了一种胜利

时 间 勇 者

不执着于永远年轻永远美丽

我会踩着时间的骨头

成为勇者

变心

你的心会变

变得比从前更广阔

两只飞鸟在此把天空的蓝一块一块融开

我的心也会变

变得比从前更静默

风雨穿过我却无法进入我们的生活。

四月小结：我将在这里燃烧

绳索有时也会将我放过

我没有尖叫

没有落荒而逃

而是站在风中高举

我的绿剪刀

这是我的四月

落花与流水远了

瞭望台上那些眼睛

看着我在春天尾巴上点火

万物与我都扶摇直上

我将在那里燃烧

我将在这里燃烧

永无尽头地燃烧

爱我者哀泣我今日的毁灭

信我者笃信我某日的归来

五月

五月

我已丰沛饱满，但滴水不漏

准备好被

雨水和爱情同时砸中了

我想，这一次应该可以

不看那些泡影了吧

我想，这一次应该轮到我

伸手抓住每一支对准我的箭矢了

我想，这一次我会亲手

摘下眼睛上的叶

填平断在骨头里的泰山

我知道，这一次我会亲自去爱

爱上那只远道而来的

惊弓鸟

锁 骨

父辈的长链

扣押在我的锁骨上

钥匙落入青草地

尖刀在手

我还没有想好

要让谁流血

要让谁的命

凝成红宝石

我应该，我要，我愿意

让我们在一个"合适的时刻"

谈谈"应该"

首先，我应该活着

和你一样活着

生于祝福，未曾死于非命

长命百岁，未曾死于挚爱人之手

我应该和你一样

平等地享用

完整的世界和世界的完整

（因为我是一个人，一条命

和你一样，会呼吸，要呼吸

因为我不是一朵被春天圈养的花

一扇打不开也关不上的门

一个容器，一个不断掉下

哭泣的珍珠的身体）

然后，我应该把所有的"我应该"

换成"我要"和"我愿意"

我要解开那缠绵于情爱的头发

我要掀开那覆盖我脸的白头纱与黑头巾

（若那一叶障目的命运纹丝不动

那我便连那头颅一同割下

和犹疑摇摆者沐血挥别

一刀两断……）

我要把那双手抹在我唇上的口红

用力抿开，轻轻吻自己一下

我要大声呼喊：嗨，我爱你

我要脱掉高跟鞋站在高处

我要横眉冷对千夫指

我要握住自己的手

郑重起誓——

我愿意出生，作为我出生

即使无人期待，我仍要到来

仍要在我的时间自顾自地到来

让你听见我啼破万物的存在

我愿意活着，不顾一切地活着

不要死于一个枕头，一条锁链

一口深深的井，一句雪花弄脏了的谣言

一个男人俯视的眼神或高高举起的凶器

我愿意长大，血迹斑斑地长大

我要喝下妈妈青草漫溯的乳汁

只吸收那些洁白丰厚的部分

即使无人照料，我仍要长大

仍要在我的泥土里抱着太阳翻滚

当他们想要将我装进那些空空的黑袋子

我要站上山巅撕咬月亮，把夜晚捅开一个口子来

饮鸩者将在我这里灭绝

我愿意终生流血，再渴也不接近河流

我愿意喝下所有眼泪，把干净的水留给妹妹们

我愿意把荆棘缠在脚上，把广阔的大地先闯一遍

我愿意早早结束少女时代，从龙的婚礼上解下戒指出逃

我要把美丽这个词赶尽杀绝，烧光每一本

传女不传男的邪典

　　我要把凝视的眼睛从那些兽皮上割下

　　还有那些营养不良的自信，长短不一的自尊心

　　我要绕过所有的必经之路，跳过每一个证明我是我的陷阱

　　我要把解下的锁链用力挥起来，把牢笼敲得震天响

　　我要放虎归山，让虎想起自己是人

　　然后，下山，开天，辟地

　　不做人杰，不做鬼雄

　　要做这唯一的高处

　　唯一的主人。

　　　　　　写于 2023 年 5 月 4 日青年节

寻绿记

我从来只会把叶片，朝向途经者

那些认真的人会沿着墙，找到我的线索

如果我愿意，我会露出浅浅的马脚

向你讲述那些层层叠叠的绿

哪里是生机，哪里是死局

我在哪里曾断了筋骨又在哪里移花接木

如果你愿意，我会从深处捧出一颗绿心脏

邀请你参与我的生日与婚礼

坐在下面接住我抛下来的花束与珍珠

或笑着与我站在一起，对视，然后一起哭

如果这就是爱，我喜欢这种爱

如果这不是爱，我会记住这些

仿佛不在尘世的幽深岁月

离开前我们要把名字埋在一起

让它们一世一世地纠缠

而我们在一去不复返的今生

枝叶分明，各自成荫。

独在异乡当异类

很喜欢

独在异乡

当异类的日子

谁也不认识我

我随手丢下的往事

无人捡，也无人

送回来

普罗米修斯

从一开始，今天就会消失
我的故事，不过微澜
你听过一遍，很快厌倦。

不过是一个人
未曾乘兴而来，迷途知返
从某天起，不顾一切想要一个
好结局。

白昼在黄昏迷惑万物时，骤然坠亡
月亮把刀对准脖子，流霞是一些预兆

但我不会说太多。死亡，是一个人最后的
生日愿望，脐带的一头终于握在自己手中
模仿终止，今生的实习暂告一段落——

是的，从今天开始，我会像一根蜡烛
独立在众神的愿望中
从普罗米修斯的热望中逃脱。

不熄灭，也不流泪
从柴火中，将风尘满面的自己
赤手空拳，挑拣出去。

试炼过了——
这个人在火焰中经历了一万次泯然
至今不愿成为众生之一

这就是最好的结局。

生日快乐

是这一天创造了我

还是我创造了这一天？

是爱建造了我

还是我确证了爱的存在？

这些快乐，是否真正属于我？

每过三百六十五天，这个问题就会

以一根蜡烛的模样，站在我面前

我的回答是这样的：

我不拥有，我使它们诞生
如我的母亲，我的父亲
瀑布般无法回流的爱
让一个孩子得以四海为家

发光。发光。发光。
我舍不得因为一个愿望就
让这光亮回归暗夜

许愿！许愿！许愿！
我祝福有一天，我的愿望
终于不再与我有关
而是希望这世上
不会有一颗心因我而徒然熄灭

快乐，快乐，快乐
我将作为一个快乐的人

祈祷你和我一样喜欢今天

无数个今天之后，你会发现
一个巨大的真相：
世界不过是一个蓝色的蛋糕

我们会和同样柔软的人
越过时间，以火焰相见。

展 开 我

丢弃对被爱的痴念
把揉成一团的心
捡起，轻轻展开

定位

我只知道光在头顶

我走上前来

亲手展开我的命运

沉默与掌声一样遥远

我唯一的使命，是以我的飞旋

定义舞台的中心

疯狂星期一

一切都很好，除了我
爱一切存在，除了星期一
总是活在当下，但希望
早点结束今天

我们的关系

我在偷着乐

而你为我放风

杂 技

忧愁是一座小山丘
我啊，我很会翻跟头

不如意的金箍棒
会自己变成绣花针

一止住密密的疼
化成祥云前来的绵羊
就轻轻抱住了
我的伤口

我的断舍离

断开情爱的肝肠

舍得为自己花钱也很能赚

离群，索居，独酌，坚决不相亲

系铃与解铃的声响宛如隔世

山回路转，我与我归去。

起床气

如果是小时候
我一定会在睁眼时大哭

而今我在夜的床上起身
作为光明的整体，进入白昼的部分

从前有两个人
围着我的眼泪
大笑

而今无人再为我唱摇篮曲

我躺在孤独里，仍很安心

因为我已长出伶俐的牙齿
善辨的耳朵，和一颗
围着我打转的父母心——

当我俯身洗去脸上
未褪的夜色
将白昼亲手接生
镜中的我，很荣幸
自己成为我这一天的
创造者

悟空，悟空

你好，勇敢的小家伙

欢迎来到，永远不够如意的世界

当你拿到金箍棒，请你大闹一场

勇敢就是，走到哪里都是游乐场

闯到哪里都是过五关，斩六将

如果那人不经过你的山

也好，自由便无法成为镇住你的咒

你就在这山中，静卧

坐化成一尊东方佛

横看成岭侧成峰

那西边日出

而你啊，雨落深山。

险胜

痛苦不过一瞬

我将永远斗争

永远将爱持之以恒

闹钟的温柔

我的闹钟很温柔

它日复一日

以刺耳之声

警告我

人世之残忍

在温暖的地方醒来

也不要

掉以轻心

命运的尺度

那些雨点

不会高过我的屋檐

那些击打

不会凿穿我的磐石之心

下班后一起去买菜

和一个亲自挑选的人
兜兜转转，一路讨论着
偷偷上涨的菜价

对着南瓜与花椒许愿：
希望今天买回家的菜
与这一生得到的爱
都足斤足两，新鲜干净
不偷工减料

今晚吃什么

很听妈妈的话

亲近阳光，常逛菜场

把没有用的自己

照顾得很好

小美人鱼

诚邀痛苦光顾

我已游刃有余

并视命中一切波涛为

小小的泡沫

信 任

我会来

救自己的

独木桥与阳关道

只要我站上

我选的独木桥

这便是我的阳关道了

当 你 说 到 爱

特别容易受伤

认识世上许许多多

明枪与暗箭

喊得出每一种疼的名字

当你说到爱——

我会算好交付真心的

深浅

像个西瓜一样长大

在苦日子里

滚来滚去

偷偷成熟

慢慢变甜

晚一点被吃掉

世界叫我来

世界叫我来找它

因为它爱我

既然爱我

就一定会允许我犯错

并期待我的成长

站着也没关系

钱不再发出

忧愁的警告声响

爱把关上的门

轻轻打开

我把座位让给迷茫的人

因为我呀，已经知道我的方向

煎熬的尽头

即是抵达

雨 的 洒 脱

洒脱的时候

我就下起雨来

置万物生死于不顾

这一朵乌云是我的

那一朵也是

我先自己

痛快一场

再慢慢

将与我无关的忧愁

视为己出

黄金时代

他们成双成对

坐在一起，说话

却永远是

自言自语

时间从

嘴唇与嘴唇

指缝与指缝间

掉落

我面对自己的夜晚

数着金色的沉默

这些灿烂的岁月

被贬为

寂寞

起床

在我不是我，花朵没有姓名的清晨六点钟
有风轻摇我的铃铛，门外没有人

又似乎已被一些古老的石头标记
我醒来，旧痂剥落，浑身柔软

脱下绣着伤疤的灰色外袍，起床
穿好衣服。我在光亮中开始学习

学做十二小时毛发稀疏的人类
每走一步，就抖落一些前世的星星

笨拙的马脚，藏在交错长满杂草的鞋子里。

世界在夏天变成一个巨大的熨斗

在一个没有暴雨的午后

你忽然得到启示

决定把皱巴巴的自己从抽屉里拿出来

你决定大胆信任这世界一次：

高温、水汽与风，都一一准备好了

一个巨大的熨斗，正等着你

是的，你会因为

不再恐惧世界真实的温度

因为接受了那些命定的烫伤

而变得平整与妥帖

最后，世界抬起手，夏日走到尽头

而你第一次拥有了
自己的形状。

一颗太阳从我的身体掉落

那些汗水将我稀释出来

我苦涩的前半生，已长出硬块

医生说，不必担心

那些痛苦很小，很小

过一个夏天

就会如一颗太阳，从我的身体掉落

那些日子便能就此隐入地平线

而我将进入余生的

第一个白昼，世界不过是

我手中的一小罐盐

不大高兴时，就洒一些泪水
高兴时，就做一桌子淡淡的菜

我对自己说，不必担心
那些夏日很短，很短
再走一段滚烫的路
就将走入一棵树伟大的黄昏
走过一个人负阴而抱阳的今生。

狗尾巴草

围着他人的尾巴

兜转了一整天

夜里在镜中看见自己

不但陌生，而且面目可憎

不让

用尽全力
不让自己
成为别人

不 急

我纵容自己

步履匆匆

因为不忍心

让自己久等

让这颗心

如黄昏一次次失落

佛系练习

喝水时

偷偷练习

如何把这一杯子

拿得起也放得下

如何什么也不加

也把日子咂摸出

自己的味道来

珍珠奶茶

再用力

世上永远都有我

喝不到的美丽珍珠

没关系，因为我喜欢

我已然尝到的每一口人生

因 缘

如果这是我的

第一次人生

因为你

真是开了个好头啊

成绩单

爱是艺术

平日闷声苦学

偶尔也想

挑个今天这样热闹的日子

偷偷炫耀一下我漂亮的

成绩单

眼泪颂

如果咸涩的日子

快让你溺亡

就放声大哭

用眼泪让自己

浮上来

一个清晨

清晨不宜痛饮

但有许多事物值得欢庆

欢庆我的灵魂仍然机敏

欢庆我对

另一面的我

毫无芥蒂的喜爱

与日俱增

如一

我看起来自信，勇敢

生机勃勃

正在改变世界

当你走近会发现

这是真的

小蜗牛

缓慢的每一步

让你扎根得更深

途中

这些道路不为我存在
却忍受着我的犹疑与进退

白色的日子不再涌入我的身体
我的血管里没有多余的河流

原来我已摸到了
河底的石头

清 澈 的 朋 友

浑浊的河流啊

请不要过早地淹没我

清澈的朋友

阶段性胜利

拔掉爱情的旗帜

结束它对我人生漫长的

殖民与占领

是我今生

走了很久很久的路

才抵达的

阶段

性

胜利

第三章

水总是漫到我的生命线下

愤怒风暴

我生气，落泪，写咒语

为我没有意义的幸存

为我与你同心却无能为力

只能为你，保持愤怒

我的愤怒正如文学之于新世界

它无法创造，但悄悄

掀起风暴

一个人的完整

我们不是鞋子，眼睛

或是一串电话号码

一个人的完整

一个人就能完成

幸运的话，长命百岁

不幸的话，不辞而别

也不会惊动任何一阵

相识的风

我与世界的缘分

那些浪花永无宁日。

水总是漫到我的生命线下
曾与自己割席的地方。

我与世界的缘分不深不浅
刚好它需要，刚好我来到

云也好，浮云也好
一个深蓝的缝隙
总之只够

放一条苍白的命

这条命和那些命一样
既无风，也不起浪。

抛绣球

在这里，我们把太阳
抛来抛去

爱情在我们身上
一个烫金
一个描红

终于，此刻你我之间
只隔着一个夕照的间隙

那些闪亮之物将我们

修剪，在寂静之中我们

不再一意孤行地诵经

我们互相窥看

衣袖上的凡尘

你一粒，我一粒。

小烦恼

愿世界和平

明天我的烦恼

仍然

小得可爱

摇滚魂

是怎样的摇滚精神

让我狗尾巴草一样的灵魂

在生活对我嘶吼时

比它喊得更大声

摇摆，摇摆

如果无法从这片土地上离开

我就用微波纹或无波纹的

手掌，抚平那些

粗糙的淤青

小穗簇生在短小枝上

我把自己离散成好几个季节

春日不见，如隔三秋

风不再敢轻易拨弄我的命弦

一点眼泪与叹息，就能使我

吹又生。

野心

为了安放这野心

我将征服这片草原

有序崩溃

如果这纷繁的世事

终将压垮我

也请它们一件一件地排好队

有秩序地让我的灵魂

崩溃

夜间暴雨

回家路上，暴雨已在等我

它把夜晚当成拨浪鼓

敲得震天响

只为逗我开心

日子如桃

看到很可爱的桃子

热情摊主招呼我尝尝

美滋滋，赋诗一首：

新鲜洁净地活着

觉得日子如桃甜美

连细碎茸毛

都可爱

砸缸

拦路虎来来回回地等
丛生的寂寞
使它的纹路更深

江湖上四处都是喝醉了
就将自己手脚绑在一起的人

那些烈酒啊
倾尽一生
只在盼一个
顺流而上的勇者

但那些长大的孩子

再也不会笑着

砸破水缸

他们学着把自己装进去

堵住那个洞

激流会将人吞没

而静止的生活是安全的

人总是喜欢活着的骨头

胜过纷飞的粉末

一 团 糟

不要命令我

"看开一点"

请你站在我的灵魂身边

和我一起咒骂这

狭隘的世界

身 体 的 复 仇

身体什么都知道

它会替你无法说话的灵魂

记仇

读书的夏日

世界如夏日酣眠

我不愿睡

我要读书，谈论文学

保持清醒

和

穷开心

自 然 卷

我蜷缩在

堆叠的事件中

每做一件

心的壁垒便厚上一寸

那些刺耳的声响

越发远了

这些风雨不动的宁静

让我离我很近

香积寺

人们在这里折叠。落金的香纸

和欲望堆积的肉身，因为鞠躬的姿态

来时的念头，戛然折半了。越过门槛的

背影，被风翻阅时，变得素净，轻薄

像一本从俗世里回来的史书，被读到时

每一个字都学会了

轻声走路

蚊帐阵

后羿许久没有射出那些箭。

太阳太烫了，得放到
黄昏再咬上一口
我仍怕被灼伤，只敢爱
那些淡淡的人

蚊子太容易迷失了，得等到
它们通过疼痛重新认识我
我不怕失去一点血，只是怕
那些伤口发痒的夜晚

一切就绪。

我建造一座白色的城
等待观看一场围猎，我看见
他把那些由远而近的爱
都当成一次自我的屠杀。

我会坠落，而他从未振翅。

盛装见面

我用透明的杯子

盛上三分心事

每一步都摇摇晃晃

见到你时

气已经消了一半

另一半

需要你用无间的拥抱

压扁它们

谈 判

我没有在等待希望

像一场雨砸到我手中

只是在和绝望

谈判，我想要它

撤退，再宽限我

一点时日

它想要从我这里

得到的东西

我还得再失败一万次

才肯放手

给它

善缘

抓不住的东西在反复

提醒我

"你还没有准备好

晚点见。"

不 要 换 台

我和困难说：

"不要走开

我休息一下

马上回来。"

搞砸

我会搞砸一切

并坐在美丽的废墟上

休息一整天

环 湖 跑

人生难得圆满

但我可以尽我所能

一遍又一遍地

在地球上

画圈

原地休息

原地休息

安然谛听命运

让你此时跌倒的深意

勇者入爱河

学会自由泳

而后，成为勇者

义无反顾入爱河

真爱

一颗失控的心

不敢在你面前

轻举妄动

闲置的关系

如果终将冷落

不如从未将这热情

拥有过

少女碑

或许是我对世界的洁净
要求得过多，它干脆拿最脏的部分
来催我成熟

他们宣布，这是春天
懂事的小花，要主动把自己的美丽
交出去，避免苍老的叶片
以秋天覆盖我，埋葬我的意义

美丽，是他们刻下的墓志铭
即使死，也应当骨骼漂亮

永恒的睡姿，也要长着天鹅的面孔

他们只看见我年轻的羽毛

绝口不提，我那一生英勇的飞行。

预 兆

我们曾经无话不谈

如今那些话语将我们
像音节般离散

我早有预料
那些空白的时间早就是
挑衅般的征兆

我们没有人在这场重逢中失败
你一句，我一句
谁也没有去争最后一句

绿耳朵

我们同在异乡

却无法认出

彼此脚上的泥土

何处无青草

只是我们各自

失去了

一只绿耳朵

我喜欢你的喜欢

别人喜欢我的翅膀

而你喜欢看我

飞行的姿态

爱我一次次

征服天空的心

梦

我们会在同时

梦见对方时

变成一对蝴蝶

终点

我在世上走来走去

最后走到了你的梦中

情 网

当你眼神如蝶扑闪

我的心开始向高处跳跃

每一次振翅，都是为了

要和你落入

同一张情网中

云的心事

我知道

你在走向我

可我仍有我

想靠近的天空。

风也知道。

于是以流动的爱

告诉我它的存在

从不贪恋

我的栖留。

拜树神

先净手，即使我们已经

两手空空

再燃起蜡烛，即使黑暗已经无法

进入我的白昼

在树神眼中，我久未归乡

在远方对生活的俯首

与对自我的信仰

便是一种不忠

当我是个孩童时我对着它

拜了许久，他们说

"这棵树便是你的契爸[1]了

他佑你聪明乖巧

你应日夜念他，备礼供奉。"

树的女儿，不能走太远

我的城市多雨，我想他也不会

过于怪罪，那些闪电夜

从前我误会那是他无由来的怒火

而今我站在檐下看穿

那些遥不可及的银鞭

只会打到怕疼的人身上

而我，我已在火花的照耀中

生出铁的臂膀，铁的背脊

每月的烧香，我仍记得

1　契爸：即干爹。浙闽南方有老人带孩子拜大树为"干爹"的习俗。

但那与我无关的祝福

我同烟灰一起抖落了——

我的父亲们

这香火燃尽之后，我将起身

从那门槛上不分左右地跳过

请你保佑那些未曾出世者

他们对这世界一无所知

而我，已准备好

一叶一叶坚固的深绿小舟

当我于浮沉世事中呼救

我会亲耳听到

一次一次对自己

伸出手，且不求回报。

观 蚁

我很久不再蹲下

来看那些蚂蚁

童年的巢穴

被一只手翻覆

我害怕

我已然是那只被俯瞰的

蚂蚁，甚至不如它

开朗，合群

那些和我站在一起的

黑眼睛，黑头发

仍令我陌生

我们忙着

长大，成人，声称自己

已经开始热爱这明明

花了很久学会了直立行走

却总要屈膝的人类生活——

偶遇的机会还有一千万次

我多希望和你成为朋友

我们触角相倾

我们互相搬运

彼此那份

越滚越大的孤独

然后交换着尝一尝

把这千篇一律

苦涩人生的口味

换一换。

在地球上流浪

我在地球上流浪

只有身体这一个行李箱

这些年，我只往里面放那些

随时可以留在这一站的事物：

一次性牙刷与毛巾

凋落之后，会变得

很轻很轻的鲜花与爱情

和课本一样容易折叠的幼年

还有蜡烛，讨厌人间灯火时

点燃它们，给自己留一些

可以放心流泪的光阴

我收藏的寂静也是细细小小的

但气味会在夜里爬到枕头上

闻着它们，我会睡得很好

如睡在祖母四四方方的怀中

如果地球不再转动

我便会停止出发

找一个和我心脏一样大的房子

在打开家门前

流放一切

最后流放行李箱

风尘仆仆，而我是干净的

石头已取出来，只剩腹部那些白线

红帽子，送给了陌生女孩中最漂亮的那个

她会在此后无数次莫名的偏爱中

意识到自己小小的身体

是砝码，但她从未在天平中

站稳，她柔软的手上

除了迷人的螺纹，其实一无所有

然后，那一天

新的流浪开始了

我四四方方的怀抱

将向新的泪水敞开。

第四章

从一种新绿，到另一种新绿

新绿

那条河流中的绿藻

在阳光好的时候浅浅浮游

从一条溪流，到另一条溪流

暮色轻笼，它仿佛才想起自己

是有根的生灵，沿着来路乘兴而归

我曾在那河里温习，母亲给予的流动的温柔

父亲托住我的下巴，教我坚信自己仍拥有

前世发光的鳞片

长在这条河边的孩子，一代一代口耳相传

如何与这绿色交融，如何往血液里渗透

静默，自由，清澈以及穿透顽石的力量

后来我去过千千万万个原野

再未见过那种绿，故乡的名字也

有些生疏，念起来微微颤抖

偶尔独自一人在桥下回望，才察觉此地已
是大海

深蓝的苦涩在喉中结块，难以吐露

啊，原来我已从一片海，到另一片海

有时，或者说常常，我在夜里碰壁

不可知的坚硬剥开我的身体，蓝色朝我奔挤

它要改写我命运中的那些叶片，青草，早
苗，翡翠，万年青，甚至还有常春藤……

然而我仰泳于一种透明之中

伤口流血之处，绿色的波纹，圆满的绳索

省去一切宣言，将蓝征服成为历史

我在桥上，没有行囊

只带着墨绿的眼睛，墨绿的头发

只听我快意地惊叫，在新世纪的第一天

一跃而下

从一种新绿，到另一种新绿。

春山空

我将穿越空山的白雾

到灰蒙蒙的世上

到缭绕的烟尘中

我要交出每一片羽毛

和雨后惊雷般的人

在开满杜鹃的泥地上

寻找已然成熟的小笋

静静看着它们，看一整个黄昏

然后我们带着空空的筐

牵手下山

度日指南

不出声，不要回答那些设问
不要执着于在热浪中当一只清澈的鱼
更不必假装自己很快乐，你其实可以和
路过的无数个庄子说真话。

放心吧，你可以这样度过这个季节：
你可以躲在自己的冰块里
也可以决定和路过的虫蚁打招呼：

"地上烫，可以来我的梦里
乘凉。孤独会为我们轻轻吹来
寂静的凉爽。我们可以整夜
在风中，沉默，沉默。"

地下春

空降的花园里，他们将我用作一把
年轻的锄头，对生活的深处一无所知
那些美丽，与我的双手无关
没有在苦日子里磨过
没有痛出厚茧子的心
和镜中自怨的细柳一样
可耻，无法入一首诗的眼

为此我厌弃每一个被迫等待的春天。
在暗处，我饲养一千只蚯蚓

这地下有什么

我必将以天真的无知心

亲自弄脏双手，束起长发

一脚印一脚印

刨他们的根刨到痛处

问他们的底问到枪炮哑然

我等着，春天在我的绿鞭子手下

跪在冰上求饶

顺着没有骨头的风，落荒而逃。

蝴蝶效应

手上用笔磨出的茧

长成了指尖的蝶

当我轻轻振翅

巨大的好运

就在我的六月降临

希罗的暴风雨夜 [1]

爱情的海流

将我们冲撞到一起

纠缠并非海藻的本意

但那些绿眼睛，一旦互相看见

就无法独自寂灭

为了灵魂的飞升

我们将身体，一次次下沉

1　相传古希腊女神的侍女希罗和利安德相爱，她每晚都举着火
炬为利安德横渡赫勒兹海峡指向。在一个暴风雨之夜，火炬熄灭，
利安德迷失了方向，船触礁，利安德身亡，希罗闻讯投海自尽。

你的心上长满鳞片

而我高举夜晚的火把

浸没在同一片海中

为何你仍是远游者

而我只能做一颗守望的石头

我在等待中

以曾经祈求一把剑的心

祈求一个暴雨夜

就请让他迷失于他无止境的冒险

而我放下我托举太阳的手——

沉甸甸的往事失去下落

握住另一个人的手

握住了一个完整的白昼。

许多个我和一个旧月亮

孤独的一直是沙粒

而非一粒沙

潮湿的命运让人们

抱在一起

木头觉察到火苗

一个乌黑的孩子擦亮了

红眼睛

这是风中的一代

我是其中之一

我与顺流而下的亲人们
等待着不一样的潮汐

他们的引力在我的
黄土地上迫降

许多个我抬头看见
一个旧月亮

被咀嚼了千万个春夜后
没有一个我
打算把它
再咬上一口。

所有的蓝跪在我的脚下

这是闪耀的高潮

还是破碎的开始

是向蓝色深处赤脚前进

还是在白茫茫的不安中后撤

他们说，这些犹疑

都不过是，细弱的女儿心

"要在水晶灯下，走上长长的红毯

走到心爱的人生命里去——"

红鞋留在沙滩，我一路旋舞
绣在裙角的浪花掉落，一朵接一朵

那些不甘心成为珍珠的眼泪
用力敲打着我如水的命运

我从女巫手中夺回我的耳朵，我听见涛声
所有的蓝跪在我的脚下，恭贺我成为大海

"要在风雨的恩惠下，穿过旁枝与末节的间隙
走到自己磅礴的生命里去——"

在这样的生活里生活

树枝比我从容许多

我看着那些完整的巢穴

总会想到倾覆的时刻

在这样无所依附的生活里生活

我庆幸我的翅膀犹在

那怠惰的东风，给了我静默的理由

如果他永远不来，我就永远等待

在这样摇摇欲坠的生活里生活

鸟和人类没有不同

流动的子弹终究会止住一棵树的血

如果我永远不离开，我就永远没有故乡

那些忧愁，将我钉在母亲的臂膀上

我终究和一只鸟不同

我从不躲开那些冲着我来的枪口

自由如此危险，须以更大的危险来换

我惊动那些生锈的羽毛

将我从生活的一处

押解到另一处

树与百年的树没有不同

我与昨日的我已身处异乡。

爬山虎

不与低矮之物纠缠

看见墙，而后翻越

你是伪装成一片叶的虎

从未忘记你的山

房子

1

这里所有房子都高于我的头顶
所有门被打开之后都是一场幽闭

没有一座房子的允许
一个人不敢冒险去爱，即使他的心
已跌入雾境

然而爱，爱不会让人
无家可归

2

我劳作，它栖居

锁是它的，钥匙也是它的

于是我们与这个城市相互怪罪

一无所有的人，只好付出一些恨

绵长的恨近乎爱了——

于是我们与这个时代相互体谅

我掏光口袋，向着明日狂奔

愿它睁开眼睛，看见众生苦行

看见和石子一样光明的我

在城市的心脏

堆垒一座青山的决心。

天地仁

在生活将我的栅栏关上时
我会砍下那些清亮的木头
留下它们的舌头，在火里唱歌
从梦的反面看，我醒着
得到的一切，都是一种馈赠

风吹，草动
我的牛羊如今已高大而强壮
我会带着它们，我唯一的婴孩
向不再杀生的深冬
踩去，吃洁白的食物与水

生活试图将我们埋在山中

我们会在低处屏住呼吸

将天叫破，让那高高在上的天

折服与怜爱，为这些在冰天雪地中

仍不肯心灰意冷的生灵

俯下身来。

野鸦

平庸的舌头
仍要说话

再卑怯的鸣叫都能
扰乱一片用云朵止血的天空

夕阳的伤口正在晕开——
从前我只无言看着，看着
如今我要走近那些漂亮的碎片
在其中看见我

我对骤降的夜晚无能为力

但我从未停止

以孤鸣，呼唤孤鸣

翅膀和翅膀挨在一起

一只小雁，会以我们张开的身体

作为她崭新的飞行地。

投降派

对生活进行

有计划的重建

与有条件的投降

我若有一丝妥协

定是一些仿拟蜘蛛的小把戏——

匍匐，也是一种

等待

那姿态不大漂亮

然而我不是美丽的诱饵

而是伺机的捕猎者

亲身进入安乐窝

才能在乌鸟的清啼梦中

捣碎一个王朝

白旗会在我

倒下时

如同闪电般的墓碑

高高立起

归还大海

窒息一次

就重活一次

我将从深处归来

把忧郁的蓝

还给大海

你不再把所有的赌注都押到春天

你是一棵树

在这世上你会找到

春天为你预留的位置

那是一个圆

整个家族的秋天

都被一只手抖落在里面

你想起来了，妈妈告诉过你

再大的宇宙，也始于

一个圆点

从前你一直与万物保持距离

你希望这样能让你成熟

是的，那些寂静的留白

每一个把自己妥帖安放的夜晚

都让你舒展。你不用任何一片叶

遮蔽自己。没有风的日子你

一个人起舞，小雨失落的日子

你把心刷得干干净净，趁一切还没有

长成骨头，你做好了溯游从之的准备

多幸运，你对自己说，手心认出手背

一对戒指在草地上重新结婚

没有结果的爱情，还有来年，或者来生

喜鹊会把坏消息传成好消息，我们只管相信

幸福的公允性。每一座泰山都会分到一片

羽毛

你无数次许愿

至少春天，伤口只流一些绿色的血

整个雨季，你都在收集珍珠

给枯败者倒苦酒，听他细数他的马匹

你善待蜜蜂，它们把你的心蜇出一些洞

但你只记得那些流动的夕阳，金色的浅吻

你欢迎蚂蚁在你身上安家，你带它们参观

你密密麻麻的缺点

这些年你在这里耕植与修缮

改造天气，加固心房，填平破绽

对着每一个遗憾斩钉截铁地说了一千遍

"没关系，我爱你"

你匀出一些树枝，给那些最孤独的生命

如果它爱你，可以在你的肩膀上安家

如果它更爱孤独，你就为它的道路添一些火

你接近那些和你一样笨拙

一样没有翅膀一样喜欢大块蓝色的人

你开始勇敢。你开始练习恋爱与飞行

你当然失败，因为你不愿把你透明的线

真正交给某个人，在他的腕上打结

你其实只是想要偶尔当一只鸟

站在陌生的树上看一看自己的命

但大多数时候你很喜欢当一棵树

尤其是春天的时候，你一想起

自己是一棵树，就站在那里发笑

你开始信任那些开满花朵的手指

和那些果核里还有果核的胸腔。

你还是会有想要变回种子的时辰

但春天太好了。太好了。

你愿意尊重她的茂盛，不愿折损她的荣耀

不在这个时节离开，是你感激她的方式

她对你的伤口守口如瓶，特意嘱托太阳

多多关照你的阴面

所以你最近总是懒洋洋的

你不再失眠，梦里那些星星也不再掉下来

或是陨落，你醒着的时候也不大许愿

你好像一只湿漉漉的碎月亮被一只小猴

轻轻打捞，它要你陪它到世上去玩耍

玩累了再回来，或者不再回来

你不再装睡。你愿意从冬天的身体里

孵出。你得到了一个崭新的名字

你在一颗花心里摘下了它。你长出

绿的眼睛，绿的指纹，绿的骨头

你不再争夺昨日的遗产，你把双脚

放在了今天的鞋袜里。你开始

关心自己的深处，那些不拿给春天看的

部分，那些重新种下却也不再生长的部分

你放弃让落红化作春泥了，你顺遂

得失的规律，只看那些鲜艳的有情物

和所有向你招手的人，跳起来击掌

如果他握住，你就从五指山上下来

你不再把所有的赌注都押到春天

你不再等万事准备好了才敢让东风赶来

你一喜欢上就会去爱，闭着眼睛去爱

你一有些心痒就敢发芽，做天大的梦

你一想到明天就心软

你一醒来就确信今天值得你亲自走一趟

你第一次活就不把死放在眼里

你第一次出发就勇往直前，安排好一切

你也不确定这个春天是不是像他们说的那

样好

那样值得认真活一趟，那些枝丫其实

也不认得路，但你已经做了很久的树

你知道一个圆就是一个宇宙

当你向你绿色的命运伸出绿色的手掌

你忽然明白了

春天年复一年向人世进发

在遍地黄金的大地上

为你预留一个位置的缘由。

粼粼

如波的心
接受那把剑的刺探——

光明会找到
我流动的眼波

太阳剑刺伤的地方
已成为我的坐落之处

生活得再磊落一些
退潮时，石头是石头
我亦作为我。

渡关

将抽象的日子
具体地过

单数的日子，任由孤独
敲很久的门
它亲身造访
只是为了确认
我植物般的呼吸

双数的日子，牵着一朵云
下山，同偶遇的旧友攀谈
生疏的时刻，就将天空偷偷抹黑

雨下起来，失散的人各自回家

彼此遗忘，今生不再摸索彼此的开关

剪下的灯芯，也不必再保留

我们的眼睛不再互相照亮

但爱把夜路，烧短了一截

我们一路走得曲折

不愿殊途，不愿归去

长篙触底，旧事的海藻

缠着我，央我偶尔回头

每年至少一次，返回故乡

可我连血液都已换过

一寸一寸浇灌自我的漫长岁月

已为我埋下更深的根须

我要在这里

创造叶片，而后

不顾一切地垂垂老去。

红色大门

夏日盛情难却

邀我卸下落雪的门锁

打开千山鸟飞绝的一颗孤心——

如果你愿意，再热烈一次

再将这世界滚烫地爱上一会儿

晚一些，再接近黄昏

那么，风也会鼓起勇气

拂逆万物，吹向你。

开垟福 [1]

驱虫醮长达三日。蜜虫远逃，蓟马离散

大地痛失许多旧友，对着空山

生生寂寞了起来，好在开垟福又把日子

噪了起来，男人们抬着佛像从田间走过

佛听见草木齐喑，而人声鼎沸：

保我禾稻丰收，出入平安，早生贵子，财源广进

今年是个雨水和喜事一样丰沛的好年

如今佛从左耳听到右耳，听不见一句非分

之想

1　开垟福，温州农村习俗，一般抬佛像在田间行走，祈求神明
保佑农业丰收、人口平安。

只有燕子留守的乡村，欲望和烟火一样稀薄

日子暂缓，祈祷也暂缓，香火变得可有可无

泥地里长出来的年轻人，把自己移植到

更大的城市花园里了，春天来的时候

他们乘着巨大的蚯蚓往返，凿穿鹤顶山发

白的胃

他们的愿望不断燃烧，掉落，最后只剩一

小截：

不要在这里，作为齐整的供品，成群地牺牲

或是作为小心存活的糙米，一粒一粒被消化。

我不是牛奶，我不过期

送牛奶的人

与我从未相识

却赠我无数个洁白的清晨

遥远的青草

流入我透明的灵魂

我如此幸福

拥有无数个鲜活的今天与此刻

而明天，在夜里，已无数次

将一个新的我，雀跃地等待。

黑 母 牛

　

她的时代过去了

没有消失的农田成为无人路过的遗址

她是入口处任人合影的黑色雕像

在绿色取景框中悠然移动的身影

模糊如一颗古代陨石，对重新分配的日子

她一如当年，不大理睬，也不大配合

当年，好女子不提当年

但活了太久的人难忍记忆的割席——

怀胎时，那些鞭子从不会落下

临产时，那些痛苦有人轮流分担

"大吉"的红纸张贴在栏上

鸡蛋煮黄豆沸腾在锅中

人们一说起她，风就会把它

捧到天上去，瘦了或是病了

都是家中的大事，每个人皱着眉头

观察她是否因为产后抑郁，或是

春耕时劳作过了头，还是夜里的青草枕头

因太久未换变得坚硬，硌住了她少女时的

好梦

只有她知道，那是对一种叫作拖拉机的

未来的隐忧，她的全部生活将被推平、收

割、搅碎

勤恳成为过时的美德，人类在劳动时

身后不再需要一个伴侣，哪怕她一声不吭

将自己

种在土里，风吹草低，只见散漫的白羊，

不见黑牛

　　她把自己埋得很深，越埋首干活越像在给
自己掘墓

　　她不敢被命运看见，被看见就意味着

　　轰鸣声将从远处向她的黄金时代切割而来。

野草

我的襟怀是原野
因为真实，得以装得下
你眼睛之外的天空

除了根，我的深邃处
可以接受一颗桃核的提问
但不会为短暂的波纹
弄皱从容平静的今生

须要低头
你才会看见我

这是你创造的罪名

而非我应得的审判

那些你不曾怀着悲悯

注视我的季节

滋润万物的一切也滋润着我

雷鸣之中

装聋作哑已是

死路一条

我将变成绿色的闪电

刺痛那些践踏在我头顶的

上帝的赤脚。

骗猪曲 [1]

横河的竹箫响了一声，脚步攒动，一只猪仔
就失去了一对睾丸或是卵巢，没有后代的
生物变得温顺，世上没有什么事再值得
动怒

百岁宴、升学、找工作或是结婚，都不再
前来叨扰，日子只剩下接受岁月的管理
吃肉，长肉，对饲主供给的一切心生餍足
爱情也开始超越一只猪的本能，让它变得
不知所措，像对着一面白墙说一上午的话
也不指望听到同样纯然的回声。阉割过的

---

1 骗猪，即阉猪。从事骗猪之人到各地农村服务时，会自带一
支竹箫，吹着本行业特有的曲子招揽客户。

东西洁净得不大正常，正常得不大洁净

它一直记得那夜的曲子，当它沉醉其中时

毫无知觉地失去了，以相似的面孔重生的

可能

有人在曲声中绕过它作了抉择，一个为了

它好的抉择，他们不提一个字，只借音乐

暗中交易，生怕它不识字却能嗅出那不敢

高声张扬的密谋，但那时它却在为这场音

乐会中

在场的缺席者感到遗憾。他们不知道那用

作信号的

骗猪曲，有和它的一生一样起伏动人的奇

特调性

他们忙着屏息敛声，忙着干涉一只猪

无关紧要的命运，忘了把自己打开让声音

进来。

换牙

高粱饴一样的日子。我隔着一层薄薄的糯米纸

尝遍爱恨，交换心脏与舌头，有时还被反咬一口

乳牙向下掷。有人撬开我的夜晚敲碎一颗白月亮

说它太年轻易折，缝隙积灰，要在它将世界磨损前

换成金的。摇摇欲坠的事物和银色的声响

一样令人

　　提前不安，他们如此希望我变得整齐，变得滴水不漏

　　我顺从的姿势恐怕不大漂亮。此时如若我要一切停止

　　就要站到窗前，把一颗牙抛向天空并从此不再

　　咀嚼任何一颗尘世的石头。只和柔软的人共进晚餐

　　戒糖，吃苦，盐水漱口，在发黄的岁月逃避疼痛保持洁白。

温稻种

料峭的春，仍未从我们身上拔出那些匕首
地上的棉絮快要用罄了，而伤口汩汩不停

祖父将熟睡的稻种双手抱着
抱到大木桶里，一个羊水温热的婴儿床
它要抽芽，要从根部发出绿色的啼哭
春分是它的生死劫，但季节把河水端得平缓
不把岸这头和那头区别看待

钢铁森林

活着不过只是呼吸，树在树林里呼吸
人在人群里呼吸，但你却屡屡生病——

横条纹的暗喻，将那些不被允许的悲伤切割
可以就此留下一块碑一篇碑文，但不许提一个

"死"字，不许告诉任何人你跳进的河流是
没有人会溺死其中的河流，你应当死得更完美

一些，比如英勇救人，为爱殉情，飞机失事
你必须在自己的死亡事件中拥有不在场证明

病历不是遗书，将药水挤出你的血液，你只能

流最普通的血，任何人的血都能用来救你

你的心永远不能出现排异反应，谁爱你
你就要爱回去，从不怀疑命运给你的东西

是否损害健康，甚至谋财害命，你要在刷成
绿色的钢铁森林里沉住气，假装自己是一棵树

其他树都插着管子学会了呼吸，思春，播
种，花枝招展
像你这样平凡的绿，一定能常青

其他人都带着一身毛病学会了养生，喝茶，
拜佛，不再动情
像你这样四处可见的人，一定也能成活。

春祭

我们向神明伸手索要的越来越多

芒种前后，夙愿与稻种一同变得热切
在手心里发痒，祖辈早早开垦过的活路
变得不合时宜，我总想着重新犁一遍
这巴掌大的命运，种上更值得观看
凝视与把玩的风景

小麦、豌豆、卷心菜是好东西，但更多的地要留给
一无是处的月桂、金雀花、洋甘菊与美人衫

神明生得太早太早了，这些年

也疏懒起来，不大愿意下来走动走动

我的故事，还没有被想象过

好在它们已非凡人

没有见过有人像我这样活——

也不会妄言我的存在，是一种罪过。

我 的 秋 天

世界热烈如火

成熟的路啊，峰回路转

而我在一个秋日，苦尽甘来

虚构一个完美夏天

一块冰开始接受消融

一棵树开始舒展自己的阴影

蝉在遥远的哀愁中学习母语

我像每一个你,正在挑选新的命运

我选十个太阳成为我的母亲

每一个她都有自己的天空

我在她骄傲的注视中赤脚奔跑

但不会为她滚烫的呼唤回头

更不会为了填平她的海

吞下一万颗石头又孵出

我选十个雨夜成为我的父亲

每一个他都随叫随到，带着丰沛的喜悦

爱我如爱一根小小的春笋，我会一次次

僭越他的山坡，将他在我身上种下的秋天

连根拔起，而他仅仅平和微笑，高声赞许

我选我自己成为我的孩子

从自己内部，拉开易拉罐的铁环

在一个被摇晃过的六月清晨

生机勃勃地出生，爬到泡沫最上层

这一次我爱所有暴风雨也爱所有焦灼的日子

因为这是我亲手虚构的完美夏日

一滴水正在接受自己的存在

一片阴影正在梳理前世的脉络

一种母语正在我们的唇齿间震颤

你是你，我是我

我们殊途同归，进入夏日深深处。

奶茶自由

我每喝上一口奶茶

就能帮助一匹

城市中的野马

在秋天

回忆起它的草原

举杯吧，我的朋友

祝你这一世仍热爱飞奔

祝我们永远自由，永远活在风中

刚 刚 好

刚刚烤好的一颗太阳

在白云盘中端出来

我站在秋的窗口

听着雀跃的晨报

今天开始

谷物日渐成熟

万物内敛

一路向北的小雁

将衔走我心上的旧痂

岁月剥落，我的风雨

昨夜已过境

今天开始，得到的一切

都意味着收获。

预　言

牛在山坡散步

茶叶早已冒尖

我们会在这个秋天

水到渠成

共饮一杯

秀恩爱

秋高气爽

我要把我厚厚的爱

抱出来晒晒

但我一定见好就收

坚决不伤害

路过的可爱小狗

粉碎

绝望的阴谋

将我的夜晚包围

月亮成为一种考验

每颗星星都要对我

离人世太遥远的生活

说上两句

我自顾自进入

阴，晴，圆，缺的

转盘

当我爱上这周而复始的

圆满与破碎

我就已将绝望的阴谋

在银光下

粉碎

贺 新 凉

夏日归山

而我从容入秋

冥想，在泸沽湖边

现在

请将云朵贴近你的眼睛

请将飞鸟唤回，安住在你的手指上

请将野花放生，将心托付给女神山

用你最舒服的姿势，如涟漪一样呼吸

在风来的时刻，感谢湖水

让一切经过

让我，一颗疲倦于迁徙的石头

在这空无的波纹中

以女神山的胸怀，感谢太阳

让我在今生今世

这无尽的流逝中

得到一个又一个日落

夜雨会在合适的时刻到来

明日，明日我再醒来

我的小黄昏

日落了

太阳圆满如常

我也在这样的世界

呼吸着

片刻邻光之后

那些日复一日的堕落

理应唤作

我的小黄昏

常青树

每个月亮都习惯

红海的逆流

我便也应习惯吗

世代如此

我也应如此吗

给 我 的 蝴 蝶

不要再说你很渺小了——
在我这里，你呼吸靠近的声音
足以震碎我身体里的雪
使一个不再信任春天的人
大病初愈。

来到此地

来到人间

是神的自我解放

车辇远走，他们

仍找得到归去的路

一个人却要花上半生

从别人的鞋子里

找到自己的脚

再花上半生

驯服雨水

教它勿要抹灭

那些无名氏的脚印

你那些笨拙的吻

我喜欢你那些

笨拙的吻

你如此小心翼翼

生怕那颤动，惊走

我眼睛里的

小蝴蝶

与你的今日事

我是个无法活在

明天的人

习惯于在今天

和你将一切了结

即使潦草，也要用瓦片

把我们偶得的姓名

写到阳光偏爱的那面墙上

如若你仍无法将恨

轻轻放下

就请你

隔夜，再放一把火

我会如你所愿

天未亮，就上路

那些柴木般的爱呢

燃过之后，就寄存在

你无人叩门的往事中吧

当我在海边，背着那些蓝

喂海鸥喝下那些泪水

你苍老的骨头，会撑着你

摸着那些心脏一样硬的石头

一步一回头地

挨过那些

面包和爱情

一样潮湿的新鲜岁月

而我，眉目幽深

每看见一处房子

就将它路过。

第五章

这一次，我顺从他们的河流

母亲节真心话大冒险

谢谢你在疼痛中迎接我

在后来的每一天教会我

人间是个游乐场

值得快乐地玩

快乐地活

谢谢你在世界需要我

一夜长大时，永远坚信

我是你最棒的小孩

谢谢你笨拙而勇敢的爱

愿你长寿，安康

在不同的季节

收到一朵花的回信

雨纷纷，你散落我肩头

——给以千万种方式存在的你

那时应了你的花

三年里却没有献在

写有你姓名的落脚处，春雨

比我讲信用多了

它们每年都去看你

就连那山上的杜鹃

都在迷蒙中朵朵哀艳

我仍对你食言，并把谎言

编得错漏百出，我信誓旦旦

要在你不在的时间里

学习春笋与青竹

润雨，拔节，长得和父亲一样高大

我却仍爱哭，哭后寻你的影

我既没有身归故里，亦没有

在这个离你千万里的异乡

隐姓埋名地扎根

我有时梦见和你

躺在一种并不寒冷的黑暗里

像儿时那样并排睡在一起

那时没有听懂的闽语童谣

你又念了一遍，雨声那么大

但我努力把每个音节都记住

谁也不知道这是不是

最后一次

无法触碰的重逢

牛上的牧童

是我吧？

她拂去满身杏花

让纷纷落落的陌生的你

蜗居在你熟悉的小小肩头

她要带你

在很大很大的城市里

慢慢走

你的妞

写于清明夜

失败感言

在这里，我要发表我

最后的致谢：

男人与女人

谢谢你们为我的出生，我的存在本身

为我每一次高声的胜利，沉默的负伤

都燃起烛火，还用故乡的语言，唱起了热

烈的赞歌

友人与恋人

谢谢你们为我的羞涩，虚张声势的狂傲

为我每一次莽撞的告白，怯懦的不辞而别

都张开了双臂，甚至跑向我，拥抱我盲目
的荆棘，泣血的真心

还有我自己

谢谢你敢站在这个无人听讲的舞台中央，
面对没有闪光灯的黑暗

大声承认这一生，我一无所成，且不以此
为耻

谢谢你信守了十四岁视死如归却选择羁旅
的约定：

活得久一点，再去想离开的事情

谢谢你背叛，逃离，远行，不断伤及无辜

却始终将自己，作为人生的中心，原点，
和目的地

谢谢你，成为我，来到这里，到此一游

此刻，我将怀着满心骄傲，注视着你一身
素衣，按时归来的背影。

再遇的冬天

祖父今年不过冬天
祖母仍在藤椅里拨弄毛线
祖父很多年没有冬天

祖父永远面朝我们
祖母有时看着院子里青色的我
有时看着手里，半截毛衣
我们都在祖母的手臂里

我们悄悄长成人形。

祖父有时会偷偷脱下背心

祖母终于看向他

像在看一个冒寒气的秋天

祖父今年

和祖母一起过冬天

十一月，我手指芽儿破土

枝头伸展，而我在枝头成熟

我给并排的他们

燃起并排的红烛

你们的妞

写于失眠的归乡夜

陷 阱

年轻是薄薄的刃，我们藏着猎枪
假装被爱情俘获

如砧板的婚床上
玫瑰在枕边，手在扳机之上
老去的日子里，我们
共同学习，佯装被驯服的火狐

在这巴山的夜雨里，红色的风
正吹向你我

也许是共谋久了，每一口陷阱

我都甘愿同你，相拥坠落

如飞鸟一心一意，归向每一个黄昏。

那一年

那一年，妈妈生了我

我无法停止哭泣

那一年，奶奶死了男人

她无法停止哭泣

父亲呢？

父亲无法停止沉默。

我和那个擦肩而过的男人

一定在一座桥上迎面见过

一个向着南，一个向着北

我是他在这个家族的转世之人

我们如出一辙地迷恋着手上的游戏

一个把年糕揉搓成圆眼的金鱼，黑脸的李逵

一个用钢笔，凭空捏造出另一个时空的自己。

那一年，这个家族有了一个巨大的秘密

一场葬礼过后，他们痛痛快快喝了我的满

月酒

正是这一天他们决定，两代人一起

上下夹击，用尽全力

把我爱成这个不幸的世界最幸福的人

好让我忘记，那一年的另一个时空里有人

代替我死去

从小就在我的耳边唠叨

你来的时候，就是好的时候

要挺胸抬头地活着，理所当然地活着

不把活着当成罪过地活着……

而我也有一个巨大的秘密——

我见过那个男人，他向我走来

手上点着一根我们为他点起的红烛

用我的脸我的声音，轻轻对我说：

生日快乐，小丫头。

健忘的三代

奶奶活着的时候

每天五点醒来后都要

长长久久地凝视我安睡的脸

把我重新认识一遍

现在我每天都要长长久久地

望着一如往常的天空

把她的离开

重新温习一遍

和父亲长长久久地通话时

我们都要在默契的无言里

把她的存在

重新确认一遍

纸房子

那些终会自己活过来

又终将死去的陌生男女

将会在我的纸房子里，流逝他们

洁白而无辜的一生

在我的梦中，诞下一只

七斤二两的乳鸽

它的翎羽成为一支笔

饮着我的血日日长大

在听不见雨声的夜

那孩子握住我干裂的手

在一个母亲铺陈而开的怀里

稚嫩的韵脚，步步蹒跚

满手沾满黑泥的小诗

按下一些不愿成文的手印。

破绽

人世这头，春雪抵达我的衣袖

奶奶，我将如你一样白头

你静默的余生，以一百年呼唤

我也成为如梭的骨头，从异乡回返

我在窗前，从清晨开始宿醉

一碰即碎的时间，也会那样贴近我吗？

如若我走进你的石头房子

不必敲门，你就知道是我

而我却会因为你

如枝头小雀儿的欢喜

认出这是梦。

雪孩子

我终日离群，不愿出门

这些日子，母亲像一片失雪过多的天空

她想要赶在春天将我消融以前

往我白茫茫的日子里

抖满新雪，深掩她来过的步履

在我疼过的骨头里，扦插一株腊梅

土地坚硬，将破碎成一万片六角雪的我

稳稳接住。父亲没有撑伞

我光着脚，跌在他高高的肩头

他向女人发誓，这一次一定让我

在太阳下长出，不再易碎的肺腑。

雨 中 会 友

如若不是刻意安排

我们必将失散

陌生的老朋友啊

我们在同一场故乡的雨中

撑起各自的命运

顺风的孩子在帆船里早早结了婚

透明的孩子在坠落中实现向上的自由

而我仍咬着童年的惊雷

一言不发地在

垂直的水滴中

找一个缝隙

我将钻传闻的空子

消失于某年某日。

挑 瓜

我们互相敲打

厚重的心门

试探甜蜜的

某种可能

世上有那么多河流

没有回声

没有涟漪

意味着你不是

他的小石头

安全之爱

请你不要消失

再等一会儿

我正在努力信任

你的爱

是安全的

坟前

　　祖母病了，针脚摇摇晃晃，棉布上的伤口
　　清白，短促，她从一九四三年的婴孩开始

　　在米粒里学习像一条虫向春天爬行，独身滚过
　　红薯一样粗糙的青春年岁，胃里断着半截炊烟

　　饥饿的功课将她难倒，夜里没有墙壁可以
借光
　　闽语敦厚，用两个珍重的音节，收养她流
失的幺儿

从前我和她睡在一起，后来她换了一个石
头枕

我不懂事，贪恋尘世的柔软香甜，只给她
预留了

四月一个幼小的黄昏，用一张在秋日晚熟
的面孔

长久跪着，为我总不小心把白米饭堆成坟
的模样

为我在最聪慧的年纪开始将她频繁地健忘

为我在世上屡屡跌倒却不听她的话：一个孤儿

在钢筋森林想要闯出一片绿，如若不能握
住一只手

就只能让时间先走一步，再慢慢跟上或干
脆走丢。

待产室

一个婴儿被判决给我们
日夜颠倒地追问着我们

重复学习着一个词语：
爱！爱！爱！

它睁着种子一般黑亮的大眼睛
命令我们长久相爱，否则

它会破碎，长大，哭，然后死
成为旧日爱情的一处遗址

建造它的人，从此不会牵手
前来参观，或是祭拜。

我的特长是爱

被爱没什么了不起
我的特长是爱
并因此得到了
我应得的奖励

覆巢

我的孩子在等我
巢穴静默
在树的胳肢窝里
它隔靴搔痒的话语
常常使人发笑

飞起来的时候我怀疑
风参与了这场共谋

他们是要我把这翅膀
用上千万次

直至我厌倦这样的飞翔——

在归家的路上

一去不复返

成为繁华的族谱里

角隅中的一枝

夜晚向我突袭

我的孩子在等我

她会在晚霞的最前面

认出我燃烧的羽毛

回归

上帝从未关过我的窗
他只是用了点手段
让我害怕门外的世界
自愿回归
家庭生活

去过真正的日子

去过真正的日子——

关心自己，不要让灵魂挨饿

及时下班，买那些打折的粮食回家

但咀嚼的时候，和每一粒米

进行完整而真诚的对话

请求它们赐予你坚硬的骨骼

不要被贫穷的刀刃，切成两半

不要在欲望的河流里，把心泡出

近似伤口的褶皱

跑向我自己

终点是

我自己

图书在版编目（CIP）数据

我应该，我要，我愿意 / 焦野绿著. —长沙：湖
南文艺出版社，2024.5
ISBN 978-7-5726-1645-7

Ⅰ．①我… Ⅱ．①焦… Ⅲ．①诗集 – 中国 – 当代
Ⅳ．① I227

中国国家版本馆 CIP 数据核字（2024）第 043035 号

我应该，我要，我愿意
WO YINGGAI，WO YAO，WO YUANYI

著　　者：焦野绿
出 版 人：陈新文
监　　制：谭菁菁
责任编辑：吕苗莉　李　颖
策　　划：李　颖
特约编辑：李　颖　黎添禹
营销编辑：汤　屹
装帧设计：Akina
封面插图：陈允然

出版发行：湖南文艺出版社
　　　　　（长沙市雨花区东二环一段 508 号　邮编：410014）
网　　址：www.hnwy.net
印　　刷：长沙新湘诚印刷有限公司
经　　销：湖南省新华书店
开　　本：787mm×1092mm　1/32
字　　数：100 千字
印　　张：10.5
版　　次：2024 年 5 月第 1 版
印　　次：2024 年 5 月第 1 次印刷
书　　号：ISBN 978-7-5726-1645-7
定　　价：52.00 元